Massimiliano Frezzato

La città delle cose dimenticate

La città delle cose dimenticate

Script and art by Massimiliano Frezzato © Ipermedium Comunicazione e Servizi s.a.s. / Lavieri edizioni, Italy
Korean translation copyright © 2022 by Dongyang Books
This Korean edition was published by agreement with Ipermedium Comunicazione e Servizi s.a.s.
through The ChoiceMaker Korea Co.

잊혀진 것들의 도시

초판 1쇄 발행 2022년 1월 25일 **지은이** 마시밀리아노 프레자토 **옮긴이** 신효정 **펴낸이** 김태웅
기획 편집 신효정 **디자인** 남은혜 **마케팅** 나재승 **제작** 현대순 **펴낸곳** (주)동양북스
등록 제 2014-000055호 (2014년 2월 7일) **주소** 서울시 마포구 동교로22길 14 (04030) **문의** (02)337-1737

ISBN 979-11-5768-768-8 07880

▶ 이 책의 한국어판 저작권은 초이스메이커코리아를 통해 저작권사와의 독점 계약으로 동양북스에 있습니다.
▶ 저작권법에 의해 한국 내에서 보호를 받는 저작물이므로 무단전재와 무단복제를 금합니다.
▶ 잘못된 책은 구입처에서 교환해드립니다.
▶ 도서출판 동양북스에서는 소중한 원고, 새로운 기획을 기다리고 있습니다.

잊혀진 것들의 도시

La città delle cose dimenticate

마시밀리아노 프레자토 글·그림 / 신효정 옮김

동양북스

모든 것은 한 소녀가 제게 건넨 한마디 말에서부터 시작되었습니다.
- 샤(Sha)로 가세요. 샤의 주인을 찾아 그를 도와주세요.

깨어나 보니 저는 칠흑같이 어두운 사막 위를 날고 있었습니다.

...한 번도 본 적이 없는 아주 괴상한 도시가 눈앞에 나타나기 전까지는.

저는 녹슬고 흔들리는 발코니에 내려앉았습니다.
주변에 살아 있는 영혼은 없었고, 미지근한 바람만이 오래된 자장가처럼 조용히 불어왔습니다.

그때 바스락, 소리가 들려왔습니다.

처음엔 나이가 지긋한 노인이라고 생각했는데,
자세히 들여다보니 한 까마귀가 창문과 씨름하고 있었습니다.

창문은 좀처럼 벽에서 떨어질 생각을 하지 않았지만, 까마귀는 결국 해냈습니다.
그는 떼어낸 창문을 자기 어깨에 올라탄 달팽이에게 먹이로 주었습니다.

달팽이는 기운 없는 모양새로 끊임없이
주변을 두리번거리며 다른 창문을 찾았습니다.
그동안 까마귀는 곁에 앉아 멋진 작품이라도 감상하듯,
창문 하나 남지 않은 성을 흐뭇하게 바라보았습니다.

도시 주변에는 아무것도 없었습니다.
그저 바람만이 어린아이보다 더 자유롭게
집과 집 사이를 드나들었습니다.

저는 그제야 깨달았습니다.
지금 내 앞에 있는 까마귀가 바로 샤의 주인이라는 것을.

샤, 잊혀진 것들의 도시입니다.

그곳에는 우리에게 잊혀진 모든 것이 모여 있습니다.
까마귀는 그 보물 창고에서 쓸모없는 것과 값진 것을
매일 정성스럽게 돌보고 있었습니다.

다만 그것들을 위해서가 아니라
그저 무언가를 돌보기 위함이었습니다.

책을 예로 들면,
그는 책의 모든 글자를
깨끗이 닦아내고
햇볕에 널어 말렸습니다.
그러면 책은 새로운
모습으로 변신했습니다.
온통 새하얘졌고,
끔찍한 낙서도 더 이상
보이지 않게 되었습니다.

편지들은 바람에게 맡겼습니다.
(우편배달부는 더할 나위 없이 행복했습니다!)

시계를 위해서는 모든 시계 침을 떼어내
서로 다투는 일이 없게 해 주었습니다.

수많은 잊혀진 것 중에는
잡다한 물건이나 책,
고양이도 있었지만,
어딘가 이상하고
쉽게 사라져 버릴
것들도 있었습니다.

바로 '말'입니다.

까마귀는 하늘에서
비처럼 쏟아져 내리는
말들을 병에 담아 두었습니다.

가끔씩 병마개를 열고,
멀리 날아가는 말들을 보며
조용히 눈물 흘릴 수 있게 말입니다.

눈물은 작은 유령들의 먹이로 쓰였습니다.

누군가에게 잊혀져 샤로 오게 된
유령들은 심한 갈증을 느꼈습니다.

주의해야 할 점은 절대로 그들에게
물리지 않도록 해야 한다는 것!

유령들은 날카로운 비명을 질러 댔습니다.
너무나 날카로워 그들이 아침밥을 먹을 때에는
'두려움들'도 겁에 질려 옷장 안에 숨어든 채 벌벌 떨었습니다.

매일 밤 까마귀는
낡은 주전자가 그랬듯이
오래된 사진첩 속
잊혀진 사진들을 넘겨가며
버려진 알들을 향해
이해하기는 어렵지만 열정적인
이야기를 들려주었습니다.

이야기에 관심을 갖지 않는 심술궂은 알이
늘 하나씩은 있기 마련인데,
그들은 밖으로 나가 별들이 들려주는
이야기에 귀를 기울이곤 했습니다.

어둠이 내려앉으면 까마귀는 옷장 안의 '두려움들'을 꺼내 주고, 함께 오래된 영화를 보았습니다.

하지만 알들과 마찬가지로 모든 '두려움'이
그 영화를 좋아하는 것은 아니었습니다.

잊혀진 장난감들은 까마귀의 꿈속에 보관되어 있었습니다.
그 장난감들을 모두 넣을 수 있을 만큼 큰 공간이 없기 때문입니다.

하지만 가장 멋진 장면은 밤에 펼쳐졌습니다.

샤는 돌꽃처럼 활짝 피어났습니다.
집들은 제각기 떨어져 나와 춤추기 시작했습니다.

가장 오래된 집은 바다 밑으로 가라앉고,
새롭게 잊혀진 집들이 제 모습을 드러내며
빈자리를 대신했습니다.

그렇게 매일 밤 같은 장면이 연출되었습니다!

(이것이 바로 샤에서 잠들지 말아야 하는 이유입니다!)

집들이 내던 요란한 소리가 멈추자 잊혀진 그림들이 나타났습니다.

까마귀는 낡은 자전거를 타고
지붕에서 쏜살같이 내려오며
마치 사탕을 뿌리듯, 그림들을
사방에 흩뿌리기 시작했습니다.

이 모든 것은 심연에서
꿈을 끌어올리기 위함이었습니다.
꿈들은 그림을 보면 더없이
탐욕적으로 변하기 때문입니다.

까마귀는 샤를 세 바퀴 돌며 새로 온 꿈들과 부쩍 가까워졌습니다.
그들은 서로에게 다정한 저녁 인사를 건넸습니다.

달이 바닷속으로 잠기자, 꿈들도 서서히 잠에 빠져들었습니다.

그제야 샤의 주인에게도 휴식이 찾아왔습니다.

동이 틀 무렵 바다는 다시 사막이 되었고, 하루 일과가 시작됐습니다.

가장 먼저 도착한 것은 밤사이 추락한 이상(理想)이었습니다.

온갖 기억으로 뒤덮인 사막에서 샤의 주인은
매일 아침 아주 진지하게 선별 작업에 임했습니다.

예를 들어 돈은 냄새가 고약한 물건과 함께 전부 태워 버렸고,
신발과 양말 그리고 라이터는 달팽이에게 먹이로 주었습니다.

그 무엇도 그들을 막지 못했습니다.

까마귀는 거울을 발견할 때마다
돌처럼 굳어 버렸고,
하던 일을 모두 멈추었습니다.

마치 거울에 비친 무언가를 보는 것 같았습니다.
자신조차 잊고 있었던 무언가를…

그러는 동안 달팽이는 눈앞에 보이는 모든 것을 먹어 치우고 있었습니다.

거울이 모래로 뒤덮이고 나서야
까마귀는 정신을 차리고,
도시의 가장 깊은 곳을 향해
달려갔습니다.

그곳에는 작은 우물 하나가 있었습니다.

그곳에는 잊혀진 사람들이 있었습니다.

그들은 투명하고 회색빛을 띠었으며, 오직 거울 앞에서만 제 색을 되찾을 수 있었습니다.
까마귀는 잊혀진 사람들이 자신의 모습을 기억해 낼 수 있도록 거울을 가져다주고 있었습니다.

밖으로 나와 보니 밤이 되었고,
모든 것이 그대로인 것처럼 보였지만…
욕심 많은 달팽이가
전부 먹어 치웠습니다.
샤에 도착한 것들이 다 사라지고 남은 건…
달팽이의 배설물뿐이었습니다.

크고, 시커멓고, 가시가 달린
아주 괴상한 배설물이었습니다.

해가 질 무렵, 가시 위로 나비 모양의 꽃이 피어나더니 하나둘 날아가기 시작했습니다.

한때 전쟁이 일어난 적도 있습니다.

그러나 그것은 진짜 알이 아니라 작은 행성이었습니다.

그날 밤, 저는 꿈에서 달팽이를 등에 업은 한 노인을 보았습니다.

그는 티스푼을 손에 들고 자그마한 유령에게 먹이를 주고 있었습니다.

이튿날, 저는 까마귀와 함께 새로 온 손님을 돌보고 있는
'두려움들' 때문에 잠에서 깨어났습니다.

그들은 행성의 상처를 소독하는 데에
그동안 모아 놓은 눈물을 전부 다 써 버렸습니다.

한편 작은 유령들은 행성이 타들어 가는
고통을 느끼지 못 하도록
주변을 맴돌며 잔바람을 일으켰습니다.

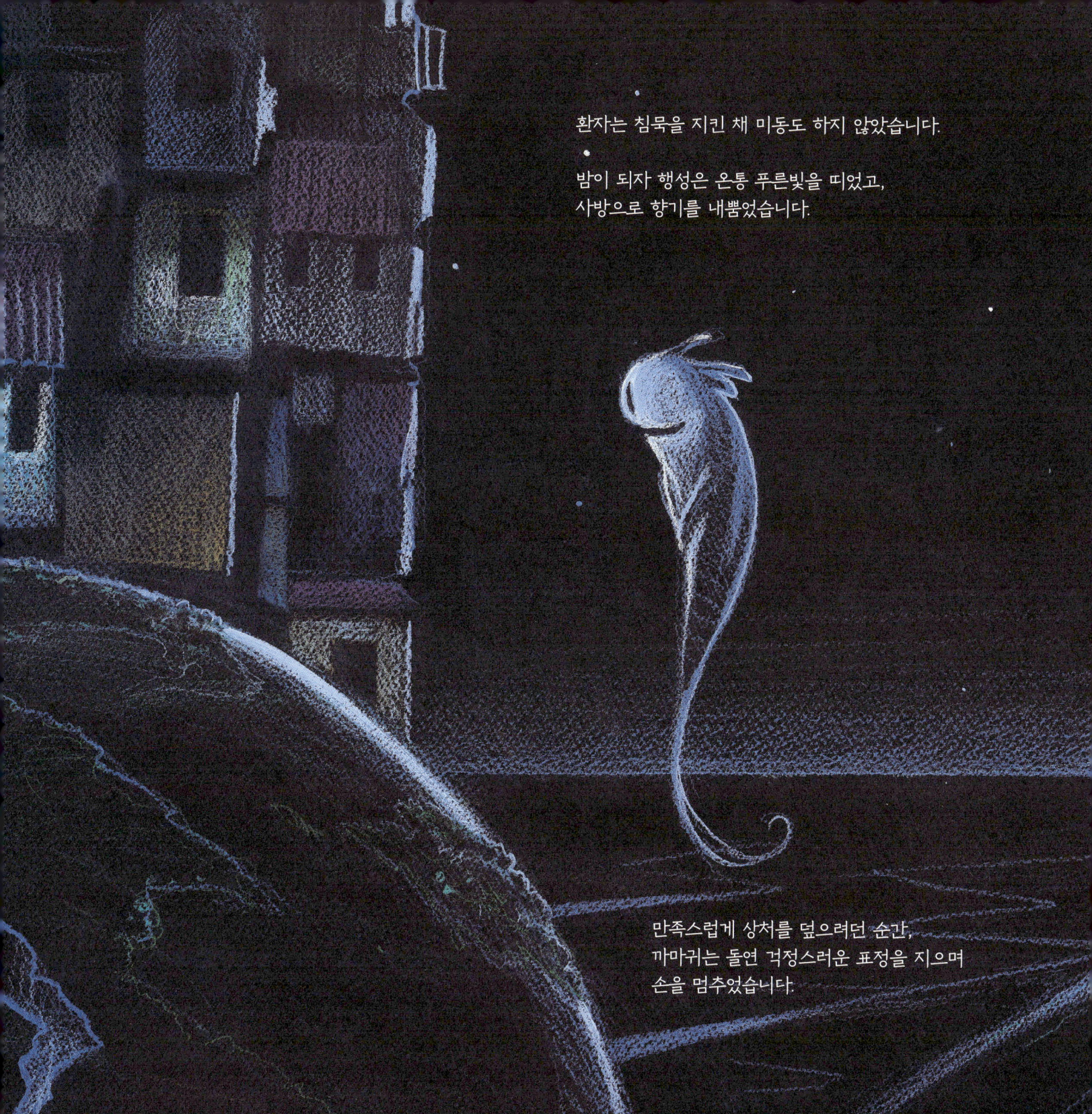

환자는 침묵을 지킨 채 미동도 하지 않았습니다.

밤이 되자 행성은 온통 푸른빛을 띠었고,
사방으로 향기를 내뿜었습니다.

만족스럽게 상처를 덮으려던 순간,
까마귀는 돌연 걱정스러운 표정을 지으며
손을 멈추었습니다.

상처 깊숙한 곳에 무언가가 있었습니다.

까마귀는 그 무언가를 빼내려고 했지만,
손이 닿지 않았습니다.

안쪽에 단단하게 박힌 그 무언가는
매끈하고 반짝였으며,
마치 거인의 손톱 밑에 박힌
커다란 가시 같았습니다.

그것은 폭탄이었습니다.
하지만 샤의 주인은 그 사실을 알지 못했습니다.

마치 해로운 것들로 가득 찬 병의 뚜껑을 열어버린 듯,
가여운 행성은 배 속에 있는 모든 것을 토해내기 시작했습니다.

까마귀는 알 수 없는 힘에 하늘로 내던져져,
양말 한 켤레와 욕조 그리고 어느 유명 가수의 레코드판 사이로 휘말려 버렸습니다.

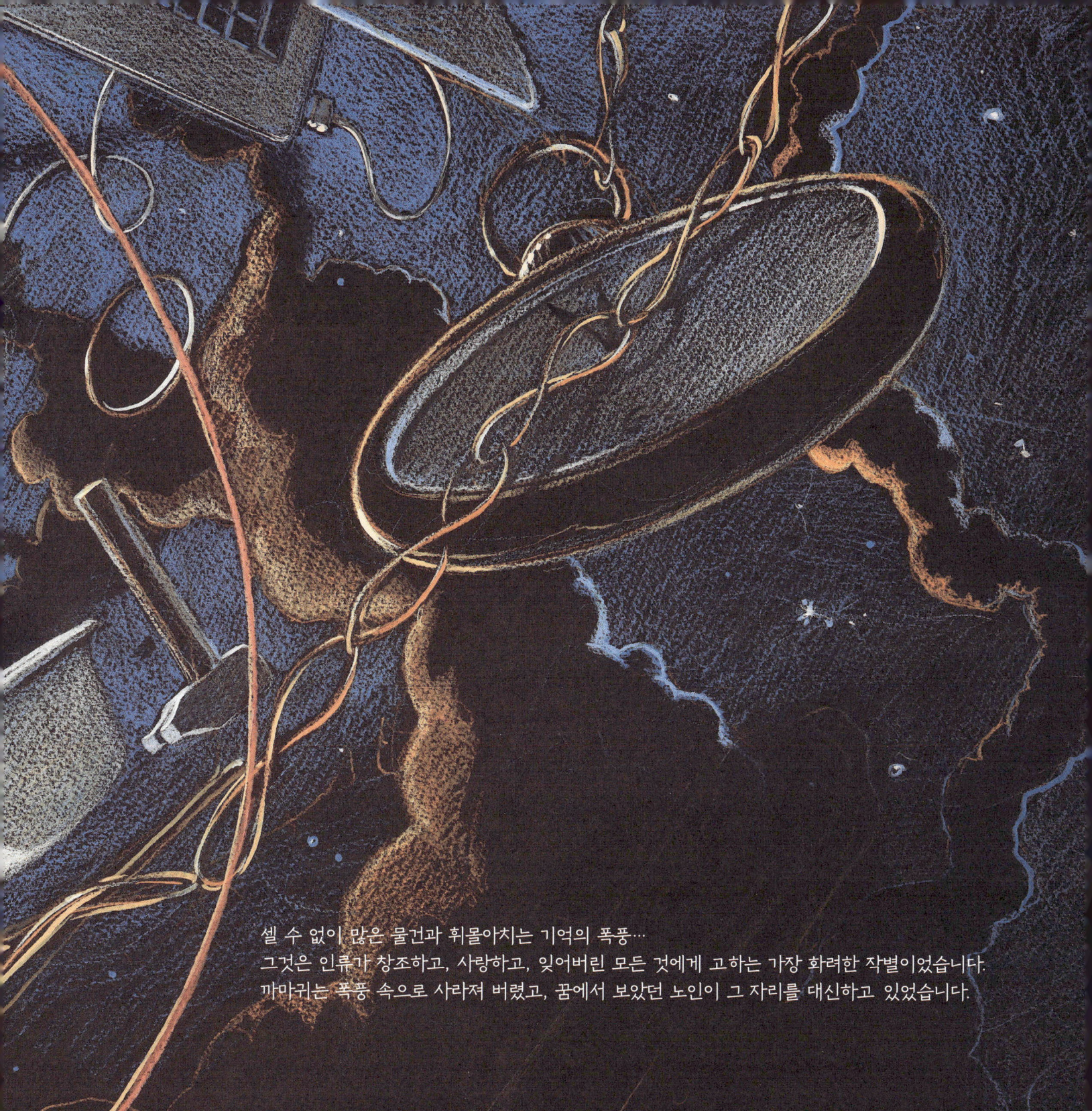

셀 수 없이 많은 물건과 휘몰아치는 기억의 폭풍…
그것은 인류가 창조하고, 사랑하고, 잊어버린 모든 것에게 고하는 가장 화려한 작별이었습니다.
까마귀는 폭풍 속으로 사라져 버렸고, 꿈에서 보았던 노인이 그 자리를 대신하고 있었습니다.

…그 후 모든 것이 평온을 되찾았고, 하늘에선 눈이 내리기 시작했습니다.

(날아다니는 물건 중 제가 제일 마지막으로 본 것은 통화 중인 낡은 전화기였습니다.)

작은 행성의 상처가 모두 치유되었습니다!

행성은 어딘가로 도망치고 싶어 하는 것 같았습니다.

서둘러 고맙다는 인사를 남긴 행성은 우주 그 어딘가, 자신의 자리로 돌아가기 위해 멀리 날아갔습니다.

저는 그들이 영원히 그곳에 머물게 될 것이라고 생각했습니다.

그날 밤, 잊혀진 사람들은 모두 날아가 버렸습니다.

휘날리는 눈꽃에
몸을 맡긴 채로…

이튿날 도시는 원래의 모습을 되찾았지만,
샤의 주인은 보이지 않았습니다.

다음 날도,

그 다음 날에도…

그렇게 사흘이 지나서야 저는 샤의 주인을 다시 만날 수 있었습니다.
그는 평소보다 더 화려하게 빛나고 있었고, 처음으로 저를 향해 미소 지으며 휘파람을 불었습니다.

… 그러고는 발코니에서 훌쩍 뛰어 날아가 버렸습니다.

책을 씻어내는 느낌은 환상적이었습니다!
하지만 어린 유령들과 어울리는 건 정말 쉽지 않더군요.

그리고 멋진 장갑도 발견했습니다.
(이렇게 부른다고 믿고 있을 뿐,
사실 저는 물건의 이름을 잘 기억하지 못하게 되었습니다.)

하지만 꼭 이름을 알아야만 그것들을 돌볼 수 있는 걸까요?

제가 기억하는 마지막 단어는…
'장미'입니다.

어느 날 저녁,
잊혀진 것들의 도시에서
무언가를
발견했습니다.

오랫동안
잊고 지냈던 얼굴을
떠올리게 만드는
그 무언가를…

그로부터 아주 오랜 시간이 흘렀고,
아마 이것이 제가 마지막으로 남기는 말이 될 것입니다.

제가 꿈을 꾸고 있는 것인지는 잘 모르겠습니다.
그러나 저는 최선을 다해 관찰하고 배울 것입니다.

그리고 잊혀진 것들을 돌볼 것입니다.